꽃이라는 말이 있다

모악시인선 017

꽃이라는 말이 있다

신휘

모악

시인의 말

허구 헌 날 세상과 맞장 뜨다
지쳐 쓰러진 채 누워있는 나를 일으켜
글로브를 끼워주며 다시 링에 세워준
박기영 시인께 이 시집을 바친다.

걸어, 두발로 내려오지는 않겠다.

2019년 봄
신휘

차례

시인의 말   5

1부 꽃 첩첩 물 층층

봄의 담장   12

열무꽃 도둑   13

분꽃   14

무꽃 자주 새를 날고 있는 배추흰나비처럼   16

붉은 가계   17

꽃을 훔쳤다   18

사흘도에 닿다   20

감자꽃   22

네 지친 천 개의 강물 위에는   24

나비   26

가시연꽃   28

사랑은 괜시리 어룽대는 저 물빛 위에   29

뻘밭   30

2부   어둠을 건너왔다

소   32

긔   33

실직   34

매미   36

풍문의 수위   38

낙타, 하나   39

낙타, 둘   40

슬픔을 엮었다   41

반달   42

구멍   44

슬픈 활공   45

고래의 생활난   48

입관   49

발목을 삐었다   50

3부 슬픔의 본적

숫돌   52

주걱   54

기일   55

삽달   58

등꽃   60

호미   61

화엄에 기대어 울다   62

코뚜레   63

파씨   64

부레옥잠   66

고비라는 말을 밤새 읽었다   67

조롱박   68

4부 나무의 언어들

달의 방향   70

말뚝에 대하여   72

소리의 내부   74

부역   75

옹이   76

나무   78

아내의 코스모스   79

월식   82

나무는 늙을수록 힘이 세다   83

플라타너스   84

갈대   85

별빛   86

탱자나무   87

해설 가난한 땅에서 맑은 슬픔이 | 김종광   88

1부
꽃 첩첩 물 층층

봄의 담장

이 봄에는 울타리를 칠 거야. 너무 높게는 말고 작은 키의 참새들이 단번에 톡톡 뛰어오를 수 있을 만큼의 높이, 이 지구의 중력이 새에게 미칠 원활함의 최대치만큼의 높이로 담장을 두를 거야. 그러면, 그 안에서, 나의 시계가 허용하는 내 눈의 최대한도의 편안함 안에서 새도, 나도 다 같이 마당을 갖게 될 거야.

오는 봄이 걸려 넘어지지 않고, 가는 겨울이 걸려 자빠지지 않도록 이 봄엔 너와 나, 나와 우리 사이에 튀어나온 벽을 허물고 높고 낮은 각의 편견도 없는 울타리를 두를 거야.

예쁜 나비들이 폴폴 날아오를 수 있는 최대한도의 편안함 안에서, 바람이 제 허리를 꺾지 않고도 넘을 수 있는 최소치의 높이 안에서 담장을 칠 거야. 그러면, 그 안에서, 서로가 서로를 넘어다 볼 수 있는 그 담장 안에서, 이 봄엔 너도 나도 다 같이 저마다의 정원을 새로 하나씩 갖게 될 거야.

열무꽃 도둑

　내 집 마당을 빌려 배신고기집 아들 성훈이는 열무 농사를 짓고 봄 한철 그 마당에 열무잎 소문처럼 분분히 일어 시들했던 내 눈도 한철 싱싱해지나 싶더니 여름으로 가는 길목, 야심찼던 녀석의 농사는 기어이 고된 파장을 맞고 발길 끊긴 그 마당도 이내 쓸쓸해졌습니다만,

　어쩐 일인지, 잡초 무성한 밭골 따라 피어난 열무꽃. 죽은 줄 안 얼굴에 화색이 돌듯, 일대장관 이루었던 것을. 글쎄, 하루는 이놈이 남의 허락도 없이 그 소중한 열무꽃 대궁들을 싸그리 뽑아놓고 가 버리는 통에 이 아침 내 약시의 눈 씻을 보랏빛 꽃대야만 오롯이 앉아 도둑맞고 말았다는 것 아니겠습니까.

　꽃 첩첩 물 층층한,

분꽃

분꽃의 주둥이는 부어 있다
몸통이 하나의 긴 꽃관악기다

몸의 뼈대인 줄기까지 가자면
얼마나 멀리 걸어가야 할 것인가

그 관을 따라 들어가면
종내 만나게 될 꽃씨 한 점

가슴에 품고 사는 자의 입술은
항시 그 끝이 부어 있기 마련이다

아직은 너무 깊어 쉽게 꺼낼 수 없는
푸른 말의 침묵들

그 짙은 말의 토씨들

온전히 밖으로 내어뱉기까지
얼마나 많은 말의 발성이 필요할 것인가

퉁퉁 분 주둥이를 밤새 폈다 오므리며

빈 나발 하나 불고 있는 분꽃 바라보며

목이 떨어져 내리는 순간까지
까만 묵음의 발성법 하나 익히는 중이다

무꽃 자주 새를 날고 있는 배추흰나비처럼

무꽃 자주 새를 이리저리 날고 있는 배추흰나비처럼

바지랑대 끝에 혼자 앉아 졸고 있는 고추잠자리처럼

파아란 하늘 그 위에,

낮달처럼 하이얀 쪽문 하나 걸어 두었다가

해 지면 찰랑대는 그 어둠에 가난한 몸을 씻고

밤마다 총총히 멀어지는 사람이 하나 있었더라

붉은 가계

—맨드라미

아이가 있었다. 수많은 상념이 그 아이를 백치로 만들었다. 머리는 적산처럼 기울었고 얼굴에 수심이 가난처럼 아프게 박혔다. 입은 있으되 말은 할 수 없고 귀는 있으되 들을 수 없었다. 봄이 가고 여름이 가고 가을이 와도 한 번 닫힌 말문 열리지 않고, 밤마다 붉은 환청만 부적처럼 귓전에 남아 떠돌았다.

곧 돌아올 것이다. 어디에 가서든 쉬 발설하지 마라. 일찌감치 할아버지 북방의 먼 나라로 가고 없었지만 애비의 가난은 만대의 수치로 남아 저리도 처참한 몰골이다. 이런, 개뼈다귀 같은 삶이 있는가. 온몸이 꽃으로 단청된 붉은 가계의 적장임에도 찾아오는 벌 나비 하나 없다니.

아이가 있었다. 꾀죄죄한 몰골의 아이였다. 철 지난 씨앗을 훈장처럼 가슴에 매단 채 세상의 거리와 거리를 다 기웃댄 뒤에야 비로소 귀가할 수 있는 기구한 운명의 팔자. 상처뿐인 영광의 혈손이 있었다.

꽃을 훔쳤다

배신고기집 마당에 핀 꽃송이 보고 있자니
어둑했던 마음이 대궐처럼 환해졌다

정작 꽃은 이 집의 것인데,
그걸 이 집 주인은 아는지 모르는지

아침부터 연탄불 피워놓고
손님 맞을 준비에 바쁘고

나는 나대로 하릴없는 사람처럼
그 집 마당에 앉아
그 꽃들 눈에 담느라 여념이 없다

그러니,
살아가는 일은 어쩌면 주인 없는 빈 객방에
홀로 든 식객처럼

저승에 가서나 펼쳐볼 풍경 몇 점
남몰래 눈에 담아 가는 일 아닌가

어인 일인지,

바람 한줌 들지 않는 이승의 빈 뜨락

아무리 기다려도 오지 않을
손을 기다리듯,

식당 안 빈 객점엔 매운 연기만
저만치 자욱한데

더는 쥐고 갈 꽃가지 한 점 없이
세상에서 가장 먼 길 돌아갈 사내 하나

혼자 앉아 눈에 넣어도 아프지 않을
가난한 꽃씨 한 점

맘 깊이 옮겨 심으며 되새기는 중이다

사흘도에 닿다

이틀은 쉬운데 나흘이 어렵다

그것은 이틀과 나흘 사이에
사흘이란
섬이 하나 있기 때문이다

담배를 끊는데도 사흘은 족히
인위로써
다리를 만들어가야 하고

망자를 위한 일에도 사흘이 필요한 건

귀신도 구천을 뜨자면 꼬박
삼일 간의 말미가 있어야 하는 까닭이다

세상에는 사흘이라는 섬이 있다

닿을 듯 먼 그 섬까지 가자면
산 자든 죽은 자든

이틀보단 멀고

나흘보다는 가깝게 배를 타고 가야 한다

이틀과 사흘 사이엔 이승보다 멀고
저승보다 가까운,

낮과 밤의 바다가 흐르고 있다

감자꽃

감자꽃 안 피면
감자도 없는 줄 알았습니다

남의 밭엔 감자꽃 한창인데
왜 저희 밭에만 감자꽃 없는 건지

걱정도 되었습니다

그런데,
그런데 그게 아니었습니다

감자는 거름이 너무 많으면
꽃대를 밀어 올리지 못합니다

아,
척박해야만 꽃을 피우는 놈이라니

불현듯
나는 그 꽃들이 좋아졌습니다

감자를 먹고 산 지

꼭 사십 년만의 일이었습니다

네 지친 천 개의 강물 위에는

꽃이라는 말이 있다

생이란,
기실 알고 보면 여기가 거기 같고
거기가 여기를 닮은 열차 같은 것

그래 맞다, 지네야
네가 꽃이다

나는 이제 부스럼 숭숭 돋은
네 징그런 가시발을 발통이라 이름 하마

눈 대신 발로써 평생을 기어 다닌
네 혐오한 몸뚱어리
피안행 차안발 꽃 열차라 명명 하마

그러니,
오늘은 꽉 닫힌 목청을 열고
어디 한번 기차의 흉내라도 내 보거라

화통처럼 기막힌 세월을 불 밝히며

퇴화된 네 눈 안에 달이라도 한 점 부려 보렴

꽤액 꽥,
승객 하나 없는 빈 객차 거느린 채
어딜 가는지

힘겹게, 저 많은 산과 강을 지나
피안의 거처 찾아 나선 꽃 같은 갑사야

저기 달처럼 유려하고 강처럼 무장했던
세월이 간다

오늘도 네 지친 천 개의 강물 위에
꽃처럼 빛나는 별 몇 번이고 떴다 지고

물그림자 다시 어리고

나비

천지간에 꽃을 두고도 나비는
연신 발길질이다

앉기 전에

온전히 발 담그기 전에
툭 툭, 발바닥을 대보더니

이내 다시 몸을 튼다

나비에게
꽃은 잘 차려진 밥상이다

반찬이랬자
푸성귀가 고작이지만

저 단출한 밥상조차 쉽게 허락지 않는
나비는 가히 처세의 달인이다

저보다 몇 첩의 반상을 더 갖고도
늘 허기져 살고 있는

나비는 나의 큰형님 뻘이다

몇 숟갈의 밥과 몇 모금의 물로
막 입가심을 끝낸 나비에게

여분의 유혹은 허릿살에 불과하다

잠시 꽃대궁 위에 앉아
숨을 돌리던 나비 한 마리

마당을 가로 질러
또 다른 꽃밭에 든다

물 위를 걷듯 가비얍게 꽃대 위를 오고 가는,
날개 위로 햇살 잘게 부서진다

눈 다 부시다

가시연꽃

누군가 맷돌을 돌리고 있네. 푸른 물의 손잡이를 쥐고 긴 상념의 스크루를 밤새 감아올리고 있네. 편편했던 수면 위에 늙은 생각들이 잔주름처럼 펴지네. 돌이킬 수 없는 추억들이 둥근 쟁반 위를 물방울처럼 뛰어 다닐 때마다 푸른 상처들이 혓바늘처럼 입 안에 새로 하나씩 돋아나네.

사랑은 항시 늦게 오는 것이라서, 오랜 상처의 이면을 들출 때마다 눈물이 나네. 긴 생각의 거죽을 뚫고 나온 물의 멱. 그 끝에는 늘, 후회와 탄식으로 얼룩진 꽃송이 한 점 피어 있기 마련인 것이라네.

사랑은 괜시리 어룽대는 저 물빛 위에

호영 형님이 아픈 다리를 끌고 평생 꽃밭을 일구는

일 같기도 하고

아버지가 경운기 하나로 저 큰 무논을 써레질하는

일 같기도 하고

어머니가 젖은 짚단에 불을 댕겨 생전 밥 짓던

일 같기도 하거니와,

때론 성자들의 장난과도 같이 아주 서툰 듯 지긋이

아름다운 것이리

사랑은 잠시만 눈을 떼도 흔들리는 못줄처럼

저 물 위에, 괜시리 어룽대는 저 물빛 위에

뻘밭

　물때를 놓쳐버린 고깃배처럼 먼 생의 수평선만 하염없이 보고 서 있다가 더는 출항할 뭣도 없이 지는 해에 그만 발목이 잡혀 오도 가도 못하고 버려진 이곳이 바로 내 생의 뻘밭 아니면 어디겠습니까.

2부
어둠을 건너왔다

소

　세월의 채근질에 눈곱 가득한 얼굴로 굼뜬 몸을 일으켜 아가리 가득 게으른 하품 몇 소끔 밖으로 토해 내다 하릴없는 놈처럼 왕방울 같은 눈 들어 먼 데 하늘 쳐다본다. 그제야 먼 산 하나가 내 안에 들어와 빈 뜨락처럼 환히 자리를 잡고 앉는다.

괴

만 장의 바람 잡아다 몸의 뼈대로 삼고 천 겹의 구름 엮어다 그 속 채웠다. 머리와 몸통, 천지간의 분간 없이 사는 놈이라지만, 튼실한 다리는 유속보다 빠르고 반짝이는 두 눈은 파도보다 높다랗다. 휘청휘청 걸음조차 제대로 못 걷는 천치라 해도, 횡으로 걷는 발걸음은 언제나 난맥한 생활을 저만치 비켜나 있고 쉴 새 없는 입놀림은 세속의 것 탐할지라도, 작은 배의 소장은 모래로써 능히 그 속을 채우고도 남음이 있다.

어디로 가려는가, 그대

날 저물면 천지간에 기어들 집 한 채 없다지만, 어디든 깃들면 거기가 곧 집이니. 서툰 듯 아닌 듯 옆으로 서서 길 하나는 제대로 내며 가는 백주의 유랑자여.

실직

빗자루를 들고 거미집을 걷었다

끊어진 줄 끝에 매달린 거미
쉽게 떨어질 생각 하지 않는다

어디로 갈 것이냐
이젠 대체 뭘 먹고 살 것이냐

가진 거라곤 몸뚱이뿐
거미에게 집이란,

매 순간 새로 차려내야 할 빈자의 밥상이자
평생을 두고 지켜야 할 망자의 빈소

오우, 사는 일이 고작해야
누군가의 밥줄을 떼어다 제 명줄을 잇는 일이라니

이 모진 삶에의 왜곡한 줄타기라니

찰진 밥 조각을 떼어 입에 넣고 삼킬 때마다
망자의 살점을 베어 문 듯,

실직의 입맛이 비탄과 자책을 넘어
울대를 타고 올라와 길게 목젖에 와 걸린다

누워도 쉬 잠이 오지 않는다

매미

어둠을 건너왔다
날개가 돋으면서
어눌했던 목청에 가시가 돋았다

답답했던 생의 갱도를 지나
당도한 곳에는 늘

희망보다 더 질긴 절망이 식도처럼
길게 이어져 있다

돌아갈 순 없겠는가
저 질긴 천공을 뚫고 멀리

영원히 달아날 순 없겠는가

어쩔 수 없다
삶이란 어차피 차안과 피안의 경계 위에
누군가 쳐둔 갱벽이라는 생각

구멍을 내야 한다
목구멍 깊이 감춰둔 전동드릴을 꺼내

시시각각 다가오는 더위

저 두터운 고통의 철판을 뚫기까지
얼마나 많은 날이 흘러가야 하는 것일까

불현듯 삶이
그것이 편두통처럼 아파 온다

풍문의 수위
—호랑거미에 대한 주석

생의 한가운데 출렁다리 하나 놓여 있다

누군가 와 주기만을 얼마나 기다렸던가

촘촘히 쳐둔 그물,
숭숭 뚫린 구멍은 불면으로 가는 계단

평생을 두고 곱씹었을 외로움이
등짝마다 선연하다

－오우, 너를 기다려 내가 산다면
저 많은 출렁임은, 혹 풍문의 수위?

오늘도 바람은 제 관절을 꺾어다
벼랑 끝 수문 위에
잘 여문 수의 한 벌 걸어놓는다

낙타, 하나
—등

　진짜 슬픈 것들은 슬퍼할 겨를도 없이 슬픈 거지. 아마도 모두 속으로 우는 걸 거야. 울 동안에, 또 다른 울음이 밀려 나올까 봐. 쏟아질까 봐. 아예 하나의 울음을 목구멍 깊이 마개처럼 쑤셔 넣고 입구를 봉해버리는 건 아닌지 몰라. 윽 윽, 몸 안에 나머지 설움이 쌓여 마침내 풍선처럼 그 등이 부풀어 오르다 산이 되고, 산맥이 되어 높이 다시 솟구쳐 오를 때까지.

낙타, 둘
—우물

아빠, 그런데 슬픔이 뭐야. 슬픔은 우물 같은 거야. 오래 들여
다보고 있으면 그 안이 훤히 비치는 우물. 사람은 누구나 몸 속
깊이 저만이 아는 물웅덩이 하나쯤 파놓고 사는 거란다. 그럼 아
빠도 있겠네. 엄마도, 나도. 글쎄다. 네가 크면 네 안에도 거울처
럼 투명한 우물이 하나 생겨나겠지. 너만이 가만히 오래 들여다
볼 수 있는, 하지만 무지 무서울 것 같은.

슬픔을 엮었다
―굴비

영혼이 맑은 것들은 몸이 아니라 슬픔으로 눈을 자주 씻은 것들이라고 한다. 눈을 씻는 일은 눈물을 흘리는 일. 걸핏하면 나는 새처럼 앉아 우는 날 많은데 눈물이 아주 마른 날은 억지로라도 내 안에 꼬깃꼬깃 접어둔 타인의 아픔과 슬픔까지를 끄집어내 내 일마냥 한 타래로 엮어놓고 줄줄이 따라 우는 것이다.

그러면 내 꼬인 슬픔이나 남의 엮인 사연이나 매한가지로 그 맛이 짜고 뒷맛이 비린 것이 마치 소금에 절인 굴비의 그것처럼, 오래지 않아 내 몸 안에도 눈의 윤기가 촉촉이 젖어오는 것이 금세 맑아지는 것이다.

반달

내 몸의 반쪽을
그대에게 주었으면 좋겠습니다

그러면,
어딘지 모르게 나는 아파서
밤마다 그대 쪽으로 몸이 기울고

그대 포구에
매일 뒤뚱대는 배 한 척 들락거릴 테지요

내 몸의 반쪽을 그대에게 주고 난
빈자리에,

오늘도 나는 당신을 싣고 돌아옵니다

그대가 나인지 내가 그대인지 모를
배 한 척을, 하늘 먼 기슭에 받쳐놓고

오늘도 여전히 나는
당신 곁을 맴돌며 표류 중입니다

이미 만선입니다

구멍
―자벌레

인생 한 고비란 말이 있지

평생 몇 개의 산을 넘고 있는지

오늘도 직선을 곡선 삼아
먼 길 걷고 있는 내 마음 속
오체투지여

하늘과 땅,
천지간을 시위 삼아
얼마나 많은 화살을 쏴 댔으면

성긴 발자국을 뗄 때마다
저리도 많은 구멍들이
몸 안에 새로 생겨나는 것일까

슬픈 활공
—잠자리를 위한 소나타

잠자리가 왔다

수천만 년 전 고요 타고 먼 길 날아
여기까지 왔다

미동 없이 고요한 잠자리의 눈은
하늘 먼 곳에 자리 잡았다

그 적막한 고요 흉내 내려 양팔 펴고
한쪽 다리를 치켜 든다

지상에서 발을 뗀 나는 이제,
한 마리
영락없는 잠자리다

뜻도 없이 저 하늘 위 구름과
층층한 바람의 속내까지를 다 헤일 듯하다

하지만,
나는 지금 무슨 생각을 하고 있는가

어느새 하늘 먼 자리에 박아둔
눈의 동공에 금이 가고

지상 높은 자리에 튕겨둔
몸의 먹줄에 물금이 흐리었다

그러므로, 나는 다시 어찌할 수 없는
잠자리

오리처럼 뒤뚱대다
이내 지상에 불시착이다

실옷 같은 맘으로 살다 보면
다시 떠오를 수 있을까

혹여,
눈에 비친 저 고요마저
한낱 덧없는 이승에서의 꿈같은 거라면

잠자리가 왔다
수평처럼 고요한 평화를 물고

막막한 세상,
두서없이 현란한 지상 폭격하듯

이억 오천만 년 전의 슬픈 활공이
꼬리에 꼬리를 문 채
떼를 지어 여기까지 날아서 왔다

고래의 생활난

한 봉에 칠백 원짜리 안성탕면을 생으로 입에 넣고 우적우적 씹다 보면 삶이, 그것이 마젤란 해협의 수로처럼 길고 멀게 느껴지지. 허나 쪼그라든 배에 물이라도 길게 한 사발 들이키려고 치면 희망이, 그것이 아프리카 최남단 도는 흰수염고래 등처럼 금세 부풀어 오른다.

꼬르륵 꼬르륵 며칠 동안 희망과 절망을 오고 가며 배앓이를 하다 보면 눈에 뵈던 헛것이 걷히고 세상 물빛이 달라 보이는 건, 내 안에 거대한 고래가 한 마리 살고 있기 때문.

그런 날이면 꼭 사달이 났다.

- 보일 듯 말 듯 그럼에도, 하늘과 바다를 경계로 교묘히 헤엄쳐 살아온 고래의 생활난은 웬만해선 파도 앞에 자신의 배를 뒤집어 물 밑 풍경을 보여주지 않는다는 것.

이따금 수면 위로 핍진한 가계의 밥 짓는 궁기만 피워 올릴 뿐. 다시 먼 바다로 나아간 고래는 한동안 쉽게 모습 드러내 보이지 않는 것이다.

입관

　오리는 생의 절반을 잠으로 허비하고 사람은 생의 삼분의 이
이상을 일을 하다 죽는다고 한다. 그도 그럴 것이 원래 삶이란
깨어 있는 시간의 길이 만큼인데, 잠을 미루면서까지 일을 하는
건 인간뿐이어서 한 번 죽으면 그 잠을 벌충하느라 다시는 깨어
나지 못한다고.

　칠순이 넘은 늙은 입관사는 누런 삼베로 망자의 눈을 가리다
말고 내 쪽을 쳐다보며 말을 건네는 것이었다.

발목을 삐었다

하루치의 어둠을 탕진한 뒤 서둘러 퇴근하다 그만, 슬픔에 발목이 삐었다. 그런 날은 어김없이 내 안에서 낙타가 운다. 꿈속까지 따라온 별들이 푸른 산정의 호수 위에 끝없이 자신을 내던지며 투신하는 밤을 지나 겨우 아침에 닿은 자의 몰골은 왜 이리 퉁퉁 부어 있는가.

졸린 눈을 흔들어 깨우며 앞으로 걸어갈 때마다 내 몸 어딘가에서 쳇소리가 난다. 몸과 마음이 부닥치며 내 안에서 별들이 쏟아진다. 무릇 갈 길이 먼 자는 눈이 아닌 무릎으로 서서 우는 것이다.

3부
슬픔의 본적

숫돌

아버지가 돌아가신 뒤
그 집 마당에 버려진 숫돌을 수습해
내 방 구석에 옮겨놓았다

밤마다 숫돌은 검게 울었다

세상에 내가, 뭉툭해질 때마다
검은 먹물 토하며 울더니

급기야 그 안에 움푹 팬 우물이
새로 생겼다

날을 간다는 건 무언가

잠든 나를 일으켜
꽃처럼 다시 세우는 일 아닌가

밤새 마신 술 때문에 늦게 일어난 날이면

베란다 가장 높은 곳에
나보다 먼저 일어난 낮달이 한 점

녹슨 나를 내려다보며 오래 떠 있었다

주걱
—곡기

주걱 하나 닳아 없애는 데 꼬박 사십 년이 걸렸다는 어머니는 부엌 한켠에 신주단지 모시듯 입이 뭉툭한 밥주걱 하나 걸어놓고 사셨다.

– 목숨이란 실로 이와 같다

모질고 찰지기가 흡사 밥의 것과도 같거니와, 그 곡기 끊는 일 또한 한 가계의 조왕을 내어다 버리는 일만큼이나 어렵고 힘든 일이다.

대저 쇠로 만든 주걱 하나를 다 잡아 먹고도 남는 구석이 밥에게는 있는 것이다.

기일

―집어등

기일이다
그녀가 떠난 뒤 아버지는 형님 댁으로
거처를 옮겼다

집은 이내 비워지나 싶더니
온기를 잃었다

어머니가 살던 집

십 분이면 닿을 수 있던 그 집이
나는 서울처럼 멀고 낯설게 느껴졌다

이따금 명절이면 들르던,
그 집 마당엔 잡풀이 돋고

폐허만 벌레처럼 남아 들끓었다

때가 되면 각각의 날개 달고
어디론가 날아갈 파리들 생각하며

나는 그곳에 남아 있을,

식구들의 먼 자취들을 떠올렸다

아직은 떠나지 않는 생각들

하지만,
언젠가 한번은 되돌아가 살고 싶은

그 집엔 어쩌면,
우리가 두고 온 것들보다 많은 것들이 남아

오지 않는 주인 기다리고 있을지 모른다

아버지가 거처를 옮긴 뒤
가족들이 처음으로 모였다

잠시 집어등을 켜든 아버지를 사이에 두고
제상이 차려지고

더는 만날 수 없는 그녀의 흑백 사진이
그 위에 부적처럼 올려졌다

몇 차례 술잔이 오르고 나면
서둘러 떠날 가족들
숨 가쁠 앞날 예감하며

나는 한숨보다 더 짙은 눈물 한 점을
퇴주잔 위에
음복처럼 길게 따라주었다

삽달

밤마다 아버지는
달의 멱을 따러 밖으로 나가셨다

남의집살이 삼 년 만에 겨우 장만한 갯논 서마지기

꿈속에서도 지린 발엔 피가 돌고
얼마나 기다려야 돌아올 것인지

아버지, 보창에 기대 밤새 기다려도
물꼬 쉽게 돌아오지 않았다

이따금 허기진 소쩍새가 마을 근처까지 내려와
물소릴 내며 울고 갈 때도 있었다

그런 날이면 오지 않는 아버지 위해
늦은 밤참을 준비하시던 어머니,

삐걱이는 정지문 소리에 놀라 밖을 보면
거기 함지박만한 달이
제비집 같은 집 마당을 비추며 훤히 떠 있었다

혹여, 심한 가뭄에 보창 물이 줄면
머리 위를 비추던 별들도 밖으로 나와
저희들끼리 한바탕 물꼬 쌈을 하고

밤이 이슥하도록 오지 않던 아버지를 기다리다
지쳐 잠든 날이면
그제야 저마다 가슴에 물꼬 하나씩 들여놓고 돌아온 것일까

별도 달도 마을도 한 맘으로 지쳐
집 앞 전봇대에 기대 코를 골고

꼬끼오, 첫닭 우는 소리에 놀라 일어나 보면
언제 돌아 왔는지

밤새 달의 멱을 따 허기진 논바닥을 적셨을,

아버지의 삽날에는 물기 묻은 달이
나를 쳐다보며 혼자 떠 있었다

등꽃

나는 아직 네 슬픔의 본적에 대해 알지 못한다. 밤마다 끙끙 관절염을 앓던 어머니의 발톱 밑으론 평생 몇 개의 강이 흘러갔는지. 발가락마다 둥글게 말아진 당신의 먼발치. 대일반창고를 덕지덕지 갖다 붙인 자리에, 늘 그만한 세월이 핏빛으로 아롱거렸지만, 나는 아직 네 아픔의 원적에 대해 알지 못한다. 왜 고단한 자의 피는 심장 가장 먼 곳에서부터 발원해 생의 가장 높다란 곳에다 자신을 부려놓는지. 역류하는지. 나는 아직 네 슬픔의 적도쯤에서 들려오는 저 짙은 상처의 소리들에 대해 듣지 못한다.

거꾸로 매달린 채 그렁그렁, 피멍 자욱한 저

호미

　평생 쪼그리고 앉아 밭고랑을 탄 할머니는 죽을 때도 몸을 잔뜩 웅크린 채 모로 누워 잠이 들었다고 한다.

　아버지 말씀대로라면,
　염을 할 때
　꼽추처럼
　굽은 허리가
　잘
　펴
　지
　지
　않아서
　무척이나
　애를 먹었다는 것이다.

화엄에 기대어 울다

　내가 무엇엔가 크게 놀라 앓아눕기라도 하면, 어머니는 부엌에서 식칼 한 자루와 물 한 그릇을 가져와 썻김굿을 하였습니다. 하얀 사기그릇에 담아온 물을 입 안 가득 머금은 채 벼린 칼끝 위에 내뿜은 뒤 알아들을 수 없는 음성으로 주술 같은 말씀을 내려주시곤 하였던 것인데요. 그런 날이면, 얇은 이불 홑청을 둘둘 만 채 정병처럼 누워 있던 저는 얼마나 무속 같은 당신이 무섭고 낯설게 느껴졌는지 모릅니다.

　아마도 그런 날 밤이었을 것입니다. 주검처럼 텅 빈 하늘에 맨 처음 소지처럼 훤한 달이 뜨고 계명처럼 길게 닭이 울기 시작한 것은요. 어머니, 이제 당신은 가고 나만이 남아 있는 빈 방 꽃창살 위에 그날처럼 훤한 달이 연꽃처럼 뜨고 더는 먼 데 닭 우는 소리 들리지 않는데, 이 밤 나 홀로 문득 칼날처럼 깨어 있다 문 열고 집 나서면 우리가 발 딛고 선 여기가 바로 화살문, 아니 화엄문 아니면 어디겠습니까.

코뚜레

한 일 년 쇠죽을 잘 끓여 먹이고 나면 아버지는 송아지의 콧살을 뚫어 코뚜레를 꿰었다. 대나무나 대추나무를 깎아 어린 소의 콧구멍에 구멍을 낸 뒤 미리 준비해둔 노간주나무로 바꿔 꿰는 작업이었다.

코뚜레는 단단했고, 어린 소의 코에선 며칠씩이나 선홍빛 피가 흘러내렸다. 소는 이내 아픈 코에 굳은살이 박혔는지 오래지 않아 한결 유순하고 의젓한 소가 되어 있었다. 그러면 아버지는 그 놈을 몇 달 더 키운 뒤 일소로 밭에 나가 부리거나 제값을 받고 먼 시장에 내어다 파는 것이었다.

그것이 얼마나 사납고 무서웠던지, 오십이 다 된 나는 지금까지 코뚜레를 꿰지 못한 어린 소로 살고 있다. 누가 밖에 데려다 일을 시켜도 큰일을 할 자신이 없었거니와, 나 같은 얼치기를 제값 주고 사 갈 위인도 세상엔 없을 것 같았다.

삶이, 그것이 힘들어 앓아눕는 날이 많을수록, 막 코뚜레를 한 어린 소 한 마리 나 대신 엎드려 혼자 울고 있는 모습이 꿈에 자주 보인다.

파씨

이력도, 내력도 아닌 것들이
까맣게 들러붙어

대가리를 툭툭 치면
금세라도 쏟아질 눈물 한 됫박

할머니 살아생전
그 중 몇 점 곱게 골라
햇살 실한 자리에 묻어두고 가신 것을

어떡할 거냐

나는 이제 가난 한 점 들지 않는
저 밭머리로 가자

가서,
모가지를 길게 뽑은 사슴처럼
즘대에 올라

젊은 황혼을 울자

이력도, 내력도
부적도 아닌 것들이 까맣게 들러붙어

대가리를 툭툭 치면
금세라도 쏟아질 설움 한 됫박

부레옥잠

　예술이 지상이 될 수 있나. 너의 발끝은 늘 물밑을 향해 열려 있지만, 어쩔 수 없는 것들은 어쩔 수 없는 것. 그 어쩔 수 없는 것들의 깊이가 네 슬픔의 깊이였으니, 울어라. 목젖이 붓고 성긴 발톱이 자라 온전히 지상에 뿌리 내릴 때까지.

　허나 내가 진실로 믿고 싶었던 것은 우는 만큼 솟구치는 푸른 부력의 반발력. 온몸이 먹먹하도록 속으로 울다 보면 벗어날 수 있을까.

　하늘과 지상, 이편과 저편의 경계에 서서 평생을 울어도 못다 울 목젖 하나 안으로 키우며 살다 갈 운명이라니. 예술이 지상이 될 수 있나. 꽃이 밥이 될 수 있나. 금세라도 찌르면 툭하고 터질 저.

고비라는 말을 밤새 읽었다

고비라는 말이 있다
그런 이름이 있다

세상에는 끝도 없이
가야 할

오래고 슬픈 길이 있다

걸을 때마다 발길에 채는
자갈돌처럼

아픈 낱말이 있다

너무도 건조해 되레 눈시울 젖는
황막한 이름의, 지도에도 없는

고비라는,

그 말을 밤새 혼자 읽었던 적이 있다

조롱박

그해 가을, 아버진 대학병원 응급실에 실려간 지 이틀 만에 물 한 모금 마시지 못하고 돌아가셨다. 그때까지 당신을 지켰던 건 지상으로 이어진 긴 줄 하나가 전부였다. 그 줄이 끝나는 지점에 당신은 아픈 몸을 올려놓고 누워 있었는데, 아직도 나는 그때의 창백하던 모습을 잊을 수가 없다.

대저, 생이란 무언가

떨어져 내리는 순간까지, 미처 다 맞지 못한 링거 하나 몸에 꽂고 박처럼 오래 매달린 채 흔들리는 일 아닌가.

4부
나무의 언어들

달의 망향

세상이 싫어지면서
달을 보는 습관이 생겼어

어둑해진 맘 추스르려 밖을 보면

거기 금세라도 가망할 것 같은 도처 하나가
망향처럼 외로이 실눈을 뜨지

그래, 삶은 멀고
희망은 늘 반 박자쯤 나보다 먼저 왔다 가는
신기루 같은 것이었으니

어쩌면 나는,
이번 생이 끝나기 전에
저 먼 곳까지 걸어갈 수 없을지도
모르겠다

하지만 말이다
제 살을 발라 자신을 먹여 살리는 자의
쓸쓸함이,

저 달을 원적지로 삼은 자의 숙명 같은 건 아닐까

나 평생을 고대했으되
단 한 번도 진실로 가닿지 못한

저,
내 생애 하나뿐인

말뚝에 대하여

　소를 키웠다. 소는 우리 집 재산목록 일호였다. 아버진 소에게 매일 쇠죽을 끓여 먹였고 수시로 외양간 외벽을 고치는 일도 잊지 않았다. 어머니를 시켜 헌 이불로 옷을 만들어 입히기도 했다.

　소의 주된 임무는 일을 하는 것이었다. 소는 일만 했다. 내가 자라자 아버지는 쇠풀 뜯어 먹이는 일을 맡겼다. 그 일은 종일 소 곁에 매여 있어야 하는 지루한 일이었다. 자칫 한눈을 팔아 소가 멀리 달아나기라도 하면 큰일이 났기 때문에 나는 풀을 먹이는 내내 한자리에 박혀 있어야 했다.

　하지만 슬슬 꾀가 났고 급기야 내가 없어도 소가 달아나지 않는다는 걸 알아챌 수 있었다. 시험 삼아 몇 번이나 목줄을 풀어 놓고 소의 동태를 살폈지만 소는 엄전하게 풀만 뜯었고 나는 비로소 소에게서 멀리 달아날 수 있었다. 오늘은 산 밑까지, 다음은 동리 안까지, 그 다음은 마을을 벗어나 이웃 마을까지 가 놀다 오는 동안 소에 대한 나의 생각은 점점 옅어졌다.

　나를 옥죄던 말뚝을 뽑아버리자 저도 한결 자유로워졌던가. 방학도 얼마 남지 않은 어느 날 소가 사라졌다. 주변을 아무리 둘러봐도 소는 보이지 않았고 결국 말뚝이 풀어진 소는 어둑한

밤이 되어서야 아버지 손에 끌려 집으로 돌아 왔다. 그날 밤 아버지가 휘두른 회초리에 얼마나 맞았는지 내 종아리엔 알이 서고 소의 등짝엔 벌건 매 자국이 여럿 박혔다.

나는 겁이 났고, 그런 아버지가 야속해 소와 함께 멀리 달아날 궁리를 그날 밤 하였다. 하지만 며칠 후면 개학이었고 끝내 나는 그 일을 단행하지 못했다.

그날 이후 더 이상 우리 집에서는 소를 키우지 않았다. 하지만 나는 엄전한 소처럼 매일 학교와 집, 직장을 옮겨 다니며 살고 있다.

무릇 말뚝은 얼마나 힘이 센가.

소리의 내부

속엣 것이 빠져나간 것들은
한때나마
자신의 일부였던 내부를 기억한다

뱀의 허물, 고둥의 빈 껍질, 빈 깡통,

그리고
누군가 먹다 버린 빈 소주병

바람이 불 때마다
네가 그리운 건

너를 닮은 허공이 내 안을 들락대며
수시로 앉아 우는 까닭이다

상실된 자,
모두 구멍의 힘으로 우는 것들이다

부역

　나는 내가 아는 대강의 것을 말할 수 있지. 설명할 수가 있지. 가령 꽃들은 왜 이쁜지, 저 하늘의 별들은 왜 저리 곱고 처연한지, 하늘을 나는 저 새의 날개는 왜 저리도 멀고 고단한지, 말하여질 수 없는 것들에 대해 말할 수 있다는 건 아픈 일이지. 슬픈 일이지.

　누가 저 강물이 쏟아내는 저 하얀 말들에 대해 말할 수 있을까. 설명할 수 있을까. 왜 저 강물은 하염없이 많은 자신의 뼈마디를 물어다 저 하얀 공동의 묘역 위에 밤낮 쌓고 있는 것일까. 말할 수 없는 것들에 대해 말해야 한다는 건 위험한 일이지. 나마저 휩쓸려 사라져버릴 만치 어렵고 험난한 일이지.

옹이

켜켜이 잘린 목재들이
마당 한켠에 수북 쌓여 있다

한때는 지상에 발붙이고 살았을
나무는 생의 절반이 옹이다

아무리 파내려 애를 써도
쉽게 뽑히지 않는
수많은 삶의 곁가지들

몸이 생각을 담는 그릇이면
옹이는 상처를 잘 여며둔 매듭이다

죽어서도 지울 수 없는

상처의 이면은 저렇듯 뒤집어도
바람 숭숭한 구멍으로 남는다

바람이 불 때마다 연기를 들이켠 듯
심하게 들썩이는 나무의 관절들

그 어둡고 습한 동굴마다
모양도 크기도 제각각인 그림들이
무수히 조각되어 있다

썩어 문드러질 때까지
지워지지 않는

그렇듯,
뼛속까지 스민 상처만이
아름다운 흉터로 남는 법

아파야 진짜 아픈 것이다

나무

생이, 그것이 심심해 혼자 노래도 불러봤다가 꽃처럼 단정하니 서 있어도 봤다가 넋을 놓고 한참 푸른 하늘 올려도 봤다가 캄캄한 어둠 속 별도 잠시 세어봤다가 나는 새, 저 새처럼 날아가 봤으면 생각도 해봤다가 꿈도 꿔봤다가 한숨처럼 멀찍이 혼자 앓아도 봤다가, 어느덧 반평생을 나도 너처럼 훌쩍 늙어버렸구나.

아내의 코스모스

아내가 손뜨개로 작은 차양을 짜
내 방 창문 높은 곳에 걸어두고 갔다

그녀는,
내가 좋아하는 코스모스를 흉내 내어
만들었다는데

나는 그 치렁한 코스모스 꽃차양이
한철 성가신 햇살 가려줄
용도로밖에 생각되지 않는다

그러던 것이
어느덧 내 융성했던 마당의 꽃들
하나둘 지고

몇 점 남지 않은 마당의 맨드라미마저
바스락대며 잊혀져갈 무렵

혹여나,
지난 계절 핍진했을 아내의 꽃밭
근황이 궁금해

닫아둔 창문 다시 열어놓고 보니

거기,
하늘 먼 배경으로 피어 있는 코스모스

외곽진 내 몸에 바람 들세라
창창한 허리 흔들며 이내 눈 어지럽히는데

언제부터였을까

빨주노초파남보
지난 계절 무심히 지나쳤을 사연

한 땀 한 땀 수놓으며 남몰래 간직했을
저 말 못한 아내의 가슴앓이표 코스모스

혹, 다시 마를세라

지난여름 장만해둔 분무기에 물 담아
뿌려주고 나니

그제야 희죽했던 그녀의 생이
내 안에 되살아나는 것이 금세 웃어 보였다

월식

내가 없는 동안 그대 혹여 지워지고 없을까봐 허구한 날, 당신이 지나는 길목 지키며 오래 서 있었지요. 하지만, 실상 당신을 지운 것은 어둠이 아니라, 내가 키운 불신의 그림자였음을 알고 난 뒤부터 비로소 혼자 숨어 우는 날이 많았답니다.

나무는 늙을수록 힘이 세다

톱질을 한다

나무의 말은 침묵인데
그 말의 단면을 놓고 자르면

미처 말 못한 나무의 말들이 묶음처럼
밖으로 삐져나온다

침묵된 말의 밀도만큼 나무는 안으로
나이를 먹는 것인데

톱을 가져다 대도
쉽게 그 말발이 먹히지 않는 것은

말귀가 어두워서가 아니라

침묵된 나무의 언어들이 톱의 아귀를
물고 쉽게 놔주지 않는 까닭이다

그래서 나무는
늙을수록 힘이 센 것이다

플라타너스

너를 생각할 때마다 그리움이 부스럼처럼 자랐다. 온몸에 설움이 버짐처럼 번져 왔다. 밤새 네가 머문 자리를 북북 긁다 일어나 보면 상처가 떨어져 나간 자리에, 늘 나보다 먼저 네가 알고 새살처럼 돋아나 있었다.

─병도 약도 아닌 것

그리움이란, 내 안에 꺼지지 않는 거대한 불길 하나 넣어 두고 다스리는 일임을 나만이 모르고 있었다.

플라타너스, 때가 되면 수천수만 개의 종주먹을 들어 자신을 타박하듯 쥐어박으며 자책하는 불치의 나무가 있다.

갈대

야윈 불면이 꿈속까지 따라와 칼 소리를 내며 울었다. 어디에서 온 것인지, 노을의 척후가 궁금해 먼 산을 보기도 했다. 뭍도 강도 아니고 산도 들도 아닌 곳. 왜곡한 변방의 습지를 떠도는 동안 이따금 마른 정강이 새로 바람이 불고, 새가 울고 부표처럼 도드라진 별이 몇 편 몸 속 깊이 차올랐다.

얼마나 많이 쓰러졌고 또 일어섰던가. 그때마다 퉁퉁 분 마디의 힘으로, 여린 잠의 부름켜를 딛고 서서 수탉처럼 울다 잠이 들기도 했다. 숲도 들도 아니고 강도 늪도 아닌 곳. 겨드랑이 깊이 감춰둔 비수 몇 꺼내 들고 백발이 성성해질 무렵까지, 뭍과 강 사이를 오가며 통절의 마디 하나 이어붙이는 중이다.

별빛

아주 먼 여정입니다

수
억
년
의
시
간
을
거
슬
러
여기까지 왔다지만

아직도 나는,
내가 어디서 왔는지 모를 먼 까닭만 같습니다

탱자나무

앙상한 몸으로, 모진 세월 받아 넘기며 죽어서도 벗지 못할 면류관 하나 쓰고 있는 중이다. 죄가 있다면, 퍼렇게 가시 돋친 몸으로 너를 들쑤시듯 나를 들쑤신 죄. 푸른 하늘 남몰래 훔쳐본 죄. 가끔은 모략처럼 하얀 꽃 몇 송이 송송 피워 올렸던 죄. 아무도 넘보지 못할 배면의 세상 멋대로 구분 지으며 살아온 죄. 목구멍 깊이 감춰둔 설움 밀서처럼 토하며 이따금 하늘에 그 진실 푸르게 이실직고 고변한 죄.

그리하여, 나보다 언제나 널 먼저 사랑하고, 미워했던 죄.

가난한 땅에서 맑은 슬픔이

김종광(문학평론가)

　땅은 살아있다. 진흙뻘이든 자갈밭이든 깎아 지르는 절벽이든 수차례 빗물과 바람을 맞으면서도, 땅 속 깊은 곳에서부터 뽑아 올린 생명의 흐름을 유일하게 지속시키는 들꽃 하나를 보아서도 그러하다. 또 이런 땅에서 자란 아름다운 모든 것들에게 보호와 예찬의 노래를 늘 속삭이는 시인들이 있기에, 땅은 우리들의 가장 낮은 곳을 언제나 받쳐 들고 서 있다.

　신휘 시인은 분꽃, 열무꽃, 무꽃, 맨드라미, 가시연꽃이 자라는 낮은 곳에서 사람들의 삶을 보고 읽고 쓰며, 소, 매미, 호랑거미, 자벌레, 잠자리를 닮은 존재들의 내면세계를 쓰다듬고 위무하며 함께 살아가는 습성의 대화를 시 속에 투영하고 있다. 흙먼지 날리는 세상살이를 관통하는 삶이란 언제나 가난과 슬픔이 맑게 우러나와 날마다 차오르는 우물처럼 깊어지고 있어서 시인의 눈길은 언제나 그 가깝고도 먼 땅의 세계를 바라보고 서 있다.

1. 맑은 슬픔의 기립

시는 속울림이다. 가슴 깊숙한 곳, 숙성되고 농익어 여물 대로 여문 사연들, 세상사 보이는 대로 들리는 대로 자연스레 주워 담은 시인의 삶의 열매들이 시인의 일렁이는 우물 속에서 울음을 울고 있다가, 살갗 아래로 스며드는 그 오래된 것들, 지류가 되어 천 갈래 만 갈래 뻗쳐나가 "거꾸로 매달린 채 그렁그렁"(「등꽃」)이는 등꽃으로 불 밝히는 밤이 되면, 그제야 시인은 해맑은 아이의 목소리로 "슬픔의 본적"에 대해 묻는다. 그제야 시란 무엇인지 그 울림이 세상 속으로 출렁거린다.

아빠, 그런데 슬픔이 뭐야. 슬픔은 우물 같은 거야. 오래 들여다보고 있으면 그 안이 훤히 비치는 우물. 사람은 누구나 몸 속 깊이 저만이 아는 물웅덩이 하나쯤 파놓고 사는 거란다. 그럼 아빠도 있겠네. 엄마도, 나도. 글쎄다. 네가 크면 네 안에도 거울처럼 투명한 우물이 하나 생겨나겠지. 너만이 가만히 오래 들여다 볼 수 있는, 하지만 무지 무서울 것 같은.

「낙타, 둘」 전문

슬픔은 바깥에 있지 아니하고 '내 안'의 우물 속에서 투명하다. 신휘 시인에게 내재하는 슬픔은 존재의 깊이를 대하는 두려움이며, "오래 들여다" 볼 내 삶의 거울이기도 하다. 사는 날까지 끝없이 메마른, 바삭바삭한 모래 위를 하냥 걸어야 하는 낙타와 같은 일상 혹은 그보다 좀 더 무거워지는 날에 흐르는 생명수가 있다. 하염없이 흘러넘치는 무량의 슬픔은 참으로 애절하며, 따듯하며, 세상 가장 낮은 마음을 갖게 하는 부정성임을, 시인은 부인하지 못한다.

> 빗자루를 들고 거미집을 걷었다
>
> 끊어진 줄 끝에 매달린 거미
> 쉽게 떨어질 생각 하지 않는다
>
> 어디로 갈 것이냐
> 이젠 대체 뭘 먹고 살 것이냐
>
> 가진 거라곤 몸뚱이뿐
> 거미에게 집이란,
>
> (……)
>
> 오우, 사는 일이 고작해야
> 누군가의 밥줄을 떼어다 제 명줄을 잇는 일이라니
>
> 이 모진 삶에의 왜곡한 줄타기라니
>
> 「실직」 부분

「실직」에는 빗자루를 들고 거미집을 걷어내던 시인의 일상 속 사유의 깊이가 잘 배어 있다. 무심결의 행위가 초래한 "거미" 사태에는 세상의 혼탁한 단면이 비유적으로 제시되어 있다. 시인은 허공에 매달려 "가진 거라곤 몸뚱이"와 "거미집"만으로 위태롭게 살아가는 "거미"의 절박함과 "누군가의 밥줄을 떼어다 제 명줄"까지 이어야 하는 비통한 인간 삶의 역설 앞에 목이 메고 잠이 오지 않는다. 무수한 위인들은 장검을 뽑아들고 거칠게 베어낼 용기를 함성喊聲하겠지만, 신휘 시인은 관조하고 사유한다. 그리하여 함부로 할 수 없는 세상 섭리 앞에 불안한 존재들의 삶에 묵도하고, 그 슬픔들을 분유分有하는 선행先行을 시도한다.

영혼이 맑은 것들은 몸이 아니라 슬픔으로 눈을 자주 씻은 것들이라고 한다. 눈을 씻는 일은 눈물을 흘리는 일. 걸핏하면 나는 새처럼 앉아 우는 날 많은데 눈물이 아주 마른 날은 억지로라도 내 안에 꼬깃꼬깃 접어둔 타인의 아픔과 슬픔까지를 끄집어내 내 일마냥 한 타래로 엮어놓고 따라 줄줄이 우는 것이다.

그러면 내 꼬인 슬픔이나 남의 엮인 사연이나 매한가지로 그 맛이 짜고 뒷맛이 비린 것이 마치 소금에 절인 굴비의 그것처럼, 오래지 않아 내 몸 안에도 눈의 윤기가 촉촉이 젖어오는 것이 금세 맑아지는 것이다.

「슬픔을 엮었다」 전문

흘리고 흘러가는 삶들을 "한 타래"로 묶은 시편이다. 신휘 시인에게 "눈물을 흘리는 일"은 지극히 개인적이거나 사소한 일에 그치지 않는다. 그것은 내 안에 담아둔 타자들과 절절한 "아픔"을 나누어 갖는 것이자, 함께 "슬픔"들을 방출·정화하는 연대의식의 단초이다. 그리하여 "굴비"처럼 엮인 것들이 무수히 쏟아져 내리는 날은 "내 안"의 타자들과 "아픔과 슬픔"으로 진정한 감응에 접속하는 날이다. 시인의 가슴 속 깊숙한 곳에는 '슬픔의 우물'이 있어, 아름답고 화려한 겉치장의 시간보다 존재자들의 내면을 서로 어루만져주는 정결의 시간을 엮어 두었다. 자박자박거리는 것들을 "촉촉이 젖어"드는 눈가의 물기로 배출하고 씻어내는 시인의 울음이야말로 참 '맑은 울음'을 양생하는 순간이다.

하루치의 어둠을 탕진한 뒤 서둘러 퇴근하다 그만, 슬픔에 발목이 삐었다. 그런 날은 어김없이 내 안에서 낙타가 운다. 꿈속까지 따라온 별들이 푸른 산정의 호수 위에 끝없이 자신을 내던지며 투신하는 밤을 지나 겨우 아침에 닿은 자의 몰골은 왜 이리 퉁퉁 부어 있는가.

졸린 눈을 흔들어 깨우며 앞으로 걸어갈 때마다 내 몸 어딘가에서 쇳소리가 난다. 몸과 마음이 부닥치며 내 안에서 별들이 쏟아진다. 무릇 갈 길이 먼 자는 눈이 아닌 무릎으로 서서 우는 것이다.

「발목을 삐었다」 전문

깊은 슬픔은 그렇게 부지불식간에 "발목을 삐"듯이 갑작스럽게 찾아와, "퉁퉁 부"은 몰골과 몸속의 "쇳소리" 같은 후유증을 남긴 채 밤새 "어둠을 탕진한"다. 극한의 고통과 그토록 긴 시간의 아픔을 맞은 자들에게 시인은 당부한다. 주저앉지 말고 "눈이 아닌 무릎으로" 기립하라. 생의 첫걸음이 그러했듯이, 눈에 보이는 현물과 먼 하늘을 따라 길이 놓이는 것이 아니라, 다만 내 발앞에 살아가야 할 길이 있기에 보다 힘찬 "무릎"으로 우뚝 설 수 있는 것이다.

2. 내 안의 세계

고개 들어 머나먼 땅을 보라. 어디든 발 닿는 곳에는 땅의 호흡이 있고, 생명이 움트고 시인의 노래가 들리나니 봄이 그제야 제 꽃잎을 바람결에 띄우네. 신휘 시인은 만물조화의 기운을 "내 눈의 최대한도"로 감지하여 아름다운 봄날의 공동체를 상상한다.

이 봄에는 울타리를 칠 거야. 너무 높게는 말고 작은 키의 참새들이 단번에 톡톡 뛰어오를 수 있을 만큼의 높이, 이 지구의 중력이 새에게 미칠 원활함의 최대치만큼의 높이로 담장을 두를 거야. 그러면, 그 안에서, 나의 시계가 허용하는 내 눈의 최대한도의 편안함 안에서 새도, 나도 다 같이 마당을 갖게 될 거야.

오는 봄이 걸려 넘어지지 않고, 가는 겨울이 걸려 자빠지지 않도록 이 봄엔 너와 나, 나와 우리 사이에 튀어나온 벽을 허물고 높고 낮은 각의 편견도 없는 울타리를 두를 거야.

예쁜 나비들이 폴폴 날아오를 수 있는 최대한도의 편안함 안에서, 바람이 제 허리를 꺾지 않고도 넘을 수 있는 최소치의 높이 안에서 담장을 칠 거야. 그러면, 그 안에서, 서로가 서로를 넘어다 볼 수 있는 그 담장 안에서, 이 봄엔 너도 나도 다 같이 저마다의 정원을 새로 하나씩 갖게 될 거야.

「봄의 담장」 전문

「봄의 담장」에는 중력을 초월하는 담장이 있다. 그 담장은 "참새"와 "나비"도 가뿐히 넘을 높이의 벽, 시야를 가로막고 외부의 숨결과 소리마저 차단하는 현대인의 이기利己와 문명의 벽이 아닌, "높고 낮은 각의 편견도 없는 울타리"이다. 모든 대자연들이 한바탕 어우러지는 봄의 "정원"에는 땅 위에 발 딛고 살아가야 하는 우리들이 갖춰야 할 성품이 편안한 높이로 세계를 감싸고 있다. 이렇듯 봄날의 돌담 시어로 쌓아 올리고 있는 시인의 집에는 도래하는 '아토피아Atopia'를 꿈꾸게 하는 춘몽春夢의 목소리가 들리는 듯하다.

무게를 내려놓은 사람에게는 월담의 자유와 미색味色의 취향이 있다. 엄숙한 질서와 계량화된 현대인들의 경계의 문턱을 자유로이 넘나드는 "바람"처럼, 아무러이 피어난 꽃을 찾아 "풍경"을 담으러 "주인 없는 빈 객방"에 속절없이 앉은 "사내 하나"가 여기 있다. 마치 자본의 폭풍을 빗겨간 듯한 그이는 주인도 알 듯 모를 듯한 "꽃"의 아름다움을 훔치러 "매운 연기만/저만치 자욱한" 식당에 들었다.

　　그 집 마당에 앉아
　　그 꽃들 눈에 담느라 여념이 없다

　　그러니,
　　살아가는 일은 어쩌면 주인 없는 빈 객방에
　　홀로 든 식객처럼

　　저승에 가서나 펼쳐볼 풍경 몇 점
　　남몰래 눈에 담아 가는 일 아닌가

　　어인 일인지,

바람 한줌 들지 않는 이승의 빈 뜨락

아무리 기다려도 오지 않을
손을 기다리듯,

식당 안 빈 객점엔 매운 연기만
저만치 자욱한데

더는 쥐고 갈 꽃가지 한 점 없이
세상에서 가장 먼 길 돌아갈 사내 하나

혼자 앉아 눈에 넣어도 아프지 않을
가난한 꽃씨 한 점

「꽃을 훔쳤다」 부분

　시인은 「꽃을 훔쳤다」에서 세상보기의 가난한 욕망을 드러낸다. 『말테의 수기』에서 릴케는 '본다는 것'을 내 자아의 미지의 영역 속으로 침범하도록 온전히 '내버려둔다는 것'으로 설명한다. 시인에게 경험이 없는 '풍경'을 시적으로 그려내기란, 참으로 어려운 일인 동시에 일면 진실의 길에서 미끄러지는 일이 될 수 있다. 그래서 어떤 무의식적 경험도 고통도 상처도 문학 속으로 가만히 스며들게 두고 보아야 할, 사유와 숙성의 시간이 반드시 필요하다. 신휘 시인의 시선 속에는 파편처럼 날아드는 질퍽한 삶의 경험도 온전히 받아들이고 있지만, 한편으로 아름다운 삶에 대한 욕망도 놓치지 않고 있다. 현존의 고통 속에서 "아무리 기다려도 오지 않을" 물질적 충만함을 갈망하기보다는, 어느 날엔가 "펼쳐볼 풍경 몇 점"에 대한 가난한 욕망을 그의 눈은 살뜰하게 훔쳐내고 있다. 아무리 그럼에도 여전히 "대궐처럼 환"한 꽃들은 그 풍경 속에 그대로 아름답게 잔존하고, 시인의 마음은 "꽃씨 한 점"의 이종移種으로도 가난할지언정 이미 충만하여 있다.

3. 둠, 여전히 지속되는

발터 벤야민은 "내면화된 현존의 모든 힘"이 기억에서 생겨난 다고 말한다. 인간의 삶이란 누군가의 기억 속에서 존재하기에 결국 지나온 과거에 많이 기대고 있는 셈이다. 다만 돌이켜 떠올린 체험의 기억이 현재까지 소중하게 지속된다는 느낌을 받을 때에서야, 우리는 무한한 아름다움과 눈물과 그리움과 오늘의 행복함을 다시 한 번 되새길 수 있다. 그리하여 현재 진행 중인 삶의 내러티브의 허무함을 떨쳐낼 수 있고 삶에 대한 애착으로 무수히 반복되는 단 한번의 '관계 맺기'에 집중할 수 있는 것이다. 시의 은유가 없었다면 파편적인 세계의 무질서는 어떻게 정돈될 수 있을 것이며, 그이에 대한 소중한 기억을 어떻게 지속할 수 있었겠는가. 신휘 시인은 고요한 시간을 되돌리는 방법을 알고 있다.

기일이다
그녀가 떠난 뒤 아버지는 형님 댁으로
거처를 옮겼다

집은 이내 비워지나 싶더니

온기를 잃었다

어머니가 살던 집

십 분이면 닿을 수 있던 그 집이
나는 서울처럼 멀고 낯설게 느껴졌다

이따금 명절이면 들르던,
그 집 마당엔 잡풀이 돋고

폐허만 벌레처럼 남아 들끓었다

때가 되면 각각의 날개 달고
어디론가 날아갈 파리들 생각하며

나는 그곳에 남아 있을,
식구들의 먼 자취들을 떠올렸다

아직은 떠나지 않는 생각들

하지만,
언젠가 한번은 되돌아가 살고 싶은

그 집엔 어쩌면,
우리가 두고 온 것들보다 많은 것들이 남아

오지 않는 주인 기다리고 있을지 모른다

「기일」 부분

어둠 속에서 불빛을 따라 집어등 아래 모여드는 것이 고등어·오징어·전갱이 같은 생물들만이 아니라, 텅 빈 하늘 아래 무거운 마음 쉬이 내려놓지 못하는 모든 살아있는 것들은 위안과 안온한 빛을 찾아 본능적으로 불러들여지는 것이다. "어머니가 살던 집"은 집어등이다. 시인은 세계를 시화詩化하여 디지털로 객관화 된 세계에 의무를 주는 존재이다. 신휘 시인의 가족사 속으로 몰입하여 모여들 수 있는 것은 단순히 동일성의 미성美城을 구축하고 있음이 아니다. 「기일」에는 무심결로 툭툭 던져진 듯한 은유의 세계와 함께 묵직한, 현존재로 여전히 이어져 닿고 있는 "두고 온 것들"에 대한 시선, 그 너머의 정념의 세계로 초대장이 붙박여 있다. 민간에서 가족의 번창을 돕고 액운으로부터 보호를 위해 부뚜막에 올려놓는 조왕중발 같은 "그녀"는 남겨진 자의 가슴 위에 "먼 자취"로 여전히 그리고 선명히 머무르고 있는 것이다.

아버지가 돌아가신 뒤
그 집 마당에 버려진 숫돌을 수습해
내 방 구석에 옮겨놓았다

밤마다 숫돌은 검게 울었다

세상에 내가, 뭉툭해질 때마다

검은 먹물 토하며 울더니

급기야 그 안에 움푹 팬 우물이
새로 생겼다

날을 간다는 건 무언가

잠든 나를 일으켜
꽃처럼 다시 세우는 일 아닌가

「숫돌」 부분

　사랑하는 가족의 부재는 시간의 고요를 만들고, 생의 정지를
초래한다. 신휘 시인에게 「숫돌」은 아버지의 부재 시간을 극복
하는 머무르기이다. 타자가 영원성을 갖기 위해서는 사물성을
갖는 방식으로 우회할 수 있거니와, 이 일에 가장 능숙한 이가
시인이다. 부재하는 타자를 현존의 울음으로 현현케 하는 동력
은 타자의 구원이자 미美의 구원이자 시의 구원이다. 존재의 고
정된 시간성을 거부하고 '영원한 현재'로 남아 세상에 뭉툭해진
무언가의 "날"을 갈아 일으켜 세우는 "숫돌"이라는 물성은, 세상
속에서 무뎌지고 버려진 내 삶의 의미를 "꽃처럼 다시 세우는"
"아버지"로 내 방 안에서 오래도록 머무를 것이다.

4. 가난하고 앙상한 시의 고백

　가난은 시인의 오래된 습성인가. 옛 시인 백석에 따르면, 시인

은 "이 세상에서 가난하고 외롭고 높고 쓸쓸하니 살어가도록 태어났다"(백석, 「흰 바람벽이 있어」)고 한다. 하지만 그토록 어렵고도 어려운 간난의 무게라 할지라도, 신휘 시인의 사유의 바다를 거치면 한결 가벼운 해학과 견고한 내적 의지로 탈바꿈된다. 결코 쉽게 물러서거나 무너지지 않는 시인의 내력은 "내 안"의 삶이 부대끼는 어느 날 "거대한 고래"와의 접속으로 형상화되어 있다.

꼬르륵 꼬르륵 며칠 동안 희망과 절망을 오고 가며 배앓이를 하다 보면 눈에 뵈던 헛것이 걷히고 세상 물빛이 달라 보이는 건, 내안에 거대한 고래가 한 마리 살고 있기 때문.

그런 날이면 꼭 사달이 났다.

―보일 듯 말 듯 그럼에도, 하늘과 바다를 경계로 교묘히 헤엄쳐 살아온 고래의 생활난은 웬만해선 파도 앞에 자신의 배를 뒤집어 물밑 풍경을 보여주지 않는다는 것.

이따금 수면 위로 핍진한 가계의 밥 짓는 궁기만 피워 올릴 뿐. 다시 먼 바다로 나아간 고래는 한동안 쉽게 모습 드러내 보이지 않는 것이다.

「고래의 생활난」 부분

「고래의 생활난」에 나타나는 시인의 작업은 오늘날 시의 위기이다. "희망과 절망" 사이를 헤집고 다니는 "고래"의 정체는 시인의 숙명적인 '시 쓰기' 행위이자, 시인의 자존심인데, 오늘날 사용가치와 소비가치는 "고래의 배" 밑바닥까지 들출 듯이 덤벼든다. 그렇다손 치더라도 신휘 시인의 단호한 예술적 욕망은 "밥 짓는 궁기" 정도 피워낼 뿐 결코 세상과 타협하거나 세상살이에 굴복하지 않는다.

이력도, 내력도 아닌 것들이
까맣게 들러붙어

대가리를 툭툭 치면
금세라도 쏟아질 눈물 한 됫박

할머니 살아생전
그 중 몇 점 곱게 골라
햇살 실한 자리에 묻어두고 가신 것을

어떡할 거냐

나는 이제 가난 한 점 들지 않는
저 밭머리로 가자

「파씨」 부분

"할머니 살아생전"까지 거슬러 올라가는 시인의 가난은 그 이전 어느 조상 때부터 불필요한 유산이 되어 현재의 삶까지 종착하였는지도 알지 못 한다. 그리고 할머니의 "가난 한 점 들지 않는/밭머리"에는 여전히 "눈물"과 "설움"이 범람하고 있지만, 시인은 호기롭게 "파씨"의 "대가리를 톡톡" 치며 망설임이 없다. 그는 세계와 자아 사이에 존재하는 존재자들 속에서 "존재의 시적 이름"을 명명하거나 세계의 현상들을 담아내는 것에 진실한 존재의 이유를 찾고 있다.

　　앙상한 몸으로, 모진 세월 받아 넘기며 죽어서도 벗지 못할 면류관 하나 쓰고 있는 중이다. 죄가 있다면, 퍼렇게 가시 돋친 몸으로 너를 들쑤시듯 나를 들쑤신 죄. 푸른 하늘 남몰래 훔쳐본 죄. 가끔은 모략처럼 하얀 꽃 몇 송이 송송 피워 올렸던 죄. 아무도 넘보지 못할 배면의 세상 멋대로 구분 지으며 살아온 죄. 목구멍 깊이 감춰둔 설움 밀서처럼 토하며 이따금 하늘에 그 진실 푸르게 이실직고 고변한 죄.

　　그리하여, 나보다 언제나 널 먼저 사랑하고, 미워했던 죄.

「탱자나무」 전문

　　신휘 시인은 하늘로 솟구친 "가시 돋친 몸"으로 "하얀 꽃"도 피워 내고 "목구멍 깊이 감춰둔 설움 밀서"도 푸르게 만들어낸다. 탱자나무에 탱자 열매가 매달리는 날까지 시인의 '시 쓰기'는 무수한 죄목으로 못 박아 모진 세월을 견뎌야 할 지 모른다. 그러나 그 "앙상한 몸"에 덧씌워지는 "면류관"은 시인에게 주어진, 그의 내적 의지이자, 종교이자 사랑이기에, 설령 고통과 시련이 앞설 지라도 신휘 시인은 "진실로 푸르게" 감내할 것을 고백하고 있다.

신휘 시인에게 시란 짙은 슬픔과 화해하는 일이며, 가난하고 외롭고 쓸쓸한 존재들을 내 안의 마당으로 불러들이는 일이다. 그리고 오래 지속되어 온, 잊힐 수 없는 이야기를 계속해나가는 일이며, 앙상한 탱자나무로 호기롭게 사랑하는 일이다. 그리하여 "지는 해"를 바라보고 섰다가 "내 생의 뻘밭"(「뻘밭」)에 발목 잡힌 시인이여, 부디 그 가난한 시인의 땅 위에 오래도록 맑은 시를 뿌리며 진실로 일궈나가기를 바란다.

시인 신휘

1971년 경상북도 김천에서 태어나 동국대학교 국문과를 졸업했다. 1995년 『오늘의 문학』 신인상에 당선되어 등단했으며, 2014년 시집 『운주사에 가고 싶다』를 펴냈다. 신문기자 생활을 거쳐 현재 고향에서 포도농사를 하고 있다.

모악시인선 017

꽃이라는 말이 있다

1판 1쇄 펴낸 날 2019년 4월 12일
1판 2쇄 펴낸 날 2019년 10월 18일

지은이 신휘
펴낸이 김완준

펴낸곳 모악

기획위원 문태준, 손택수, 박성우
출판등록 2016년 1월 21일 제2016-000004호
주소 전북 전주시 덕진구 기린대로 418 전북일보사 6층 (우)54931
전화 063-276-8601
팩스 063-276-8602
이메일 moakbooks@daum.net

ISBN 979-11-88071-19-7 03810

* 이 도서의 국립중앙도서관 출판예정도서목록(CIP)은 서지정보유통지원시스템 홈페이지
  (http://seoji.nl.go.kr)와 국가자료공동목록시스템(http://www.nl.go.kr/kolisnet)에서
  이용하실 수 있습니다.(CIP제어번호: CIP2019010646)
* 이 책의 내용을 재사용하려면 모악의 서면 동의를 받아야 합니다.

값 9,000원